Jañicuin

# Palabras y flechas

Fiana Marín Benítez

Palabras y flechas

Autor: Fiana Marín Benítez

Diseño de cubiertas: Sandra Rodríguez Rubio (Deer Blue)

Ilustrador: Alejandro Moreno González

Composición de ilustración: Cristina Díaz Navarro

*Copyright*: Fiana Marín Benítez

*A mis padres, por todo.*

«En la vida hay tres cosas que no pueden volver atrás: la flecha lanzada, la palabra pronunciada y la oportunidad perdida».

# Prólogo

Eran cerca de las siete y media de la tarde de aquel 13 de agosto de 2008.

Yo me preparaba en el dormitorio para salir a pasear. El oído siempre pendiente del tañido de la campana. Entonces sentí ese frío. Y supe que era tu adiós.

Imaginé quién reiría, quién se estaría enamorando, quién estaría naciendo, quién cumpliría años, quién se sentiría feliz... justo en ese instante en que tú habías muerto.

Y te prometí no dejar por más tiempo perdida mi oportunidad.

En memoria de El genio de la botella azul.

# El bucle

Lo más doloroso al saber que todo acababa fue la certeza de que ya no te iba a ver. Había imaginado tus ojos y tus labios. Me había visto en tus brazos, perdido; y luego, loco de amor; y luego, tranquilo. Pero eso ya no iba a ser. El segundo temblor irrumpió con más fuerza que el primero, cinco minutos después. Y supe que era el fin.

Te pareceré un fantasma, pero no tuve miedo. Solo esa triste idea de no ver tu voz.

Después empezó lo peor. Yo seguía a oscuras y perdí la movilidad. Las paredes se habían cerrado sobre mi cuerpo y moldeaban mi cabeza a su antojo con cada nueva embestida.

Noté que el líquido se metía por mi nariz, y abrí la boca para apartarlo.

Sentí pánico cuando te oí gritar, porque sabía que

sufrías por mí. Yo quería decirte que todo estaba bien, que no lloraras, pero el líquido negro me ahogaba y no tenía fuerzas para atravesar aquella pared.

Todo sucedió muy deprisa. Perdí el control y sentí que caía de cabeza, absorbido por unas raras vibraciones.

El hilo de la vida se retorcía y me quería asfixiar; mientras, yo pataleaba contra aquella fuerza que, sin piedad, tiraba de mí hacia abajo. Cada vez estaba más débil, más perdido, peor... Mi corazón se aceleró, dio un vuelco en el aire y comenzó a detenerse.

Y entonces vi la luz.

Era un túnel estrecho que se abría ante mis ojos hinchados, y al fondo, la claridad.

Por mi cabeza pasaron tus arrullos, tus canciones, la leve caricia de tus manos intentando penetrar en mi piel. A la memoria vino una foto de cuando aún no era nada, si acaso una mota en el universo todavía por hacer y, luego, el recuerdo de ese otro día en que, al sentir el latido de tu corazón al oír el mío, supe que contigo, que a tu lado, llegaría a ser algo, que sería grande gracias a ti.

En la puerta del túnel, un ángel blanco recoge mi cuerpo cansado. Lloro de frío y de desazón, y lo último que oigo es tu voz temblorosa que dice «niño mío», antes de quedar dormido con mi boca en tu pezón.

# Kimen's

Canturreando, abrí el armario y elegí una camiseta de tirantes finos y la falda azul con lazo rojo en la cintura. Luego traté de rellenar con calcetines el viejo sujetador. Me dio la risa floja, pero se me cortó en seguida: Eugenia había entrado en la habitación.

—¿Estás lista? —Llevaba los labios sospechosamente brillantes.

—¿Qué te has puesto? ¡Yo también me quiero maquillar!

—¡Calla, niña!, ¡tú no tienes edad! —amenazó, levantando la mano—. ¿Y qué haces con eso?

—¡Si solo tengo un año menos que tú! —me defendí, quitándome, avergonzada, el sujetador—. ¡Se lo diré a mamá!

—Como te chives, no vienes. ¡Y deja de hacerme burlas! —añadió mientras se iba, como si tuviera un ojo en el cogote—. Bastante con que te dejamos venir.

Odiaba a mi hermana cuando hacía de hermana mayor. Odiaba que mi hermana pareciera mucho mayor que yo. Con sus catorce años y medio era toda una mujer. Tenía un cuerpo proporcionado, con curvas. Su pelo largo y moreno y sus enormes ojos negros de pestañas espesas y rizadas tenían encandilados a más de un chico en el pueblo.

Yo aún no había cumplido los trece y mi cuerpo no tenía nada que ver: dos bultitos en el lugar de las tetas y unas caderas rectas como la vía de un tren. Le sacaba una cabeza a la más alta de mis amigas y los chicos me llamaban «larguirucha» y se burlaban de mí diciendo que me faltaba carne en las piernas, que nunca sería una tía buena.

Pero ese día me daba igual. Ni siquiera me importó que hubieran estado toda la mañana llamándome «plana» y tirándome del pelo en la piscina. Y me daba igual porque esa noche iba con los mayores a una fiesta, y ellos no. Y se morían de envidia.

Eugenia me hizo prometer que no contaría a los padres nada de lo que hiciéramos por la noche.

—¿Pero ¿qué vamos a hacer? —Los ojos abiertos como platos, entre curiosa y asustada.

- *Tú nada, pero a lo mejor alguien quiere fumar o beber cerveza ¡y nada de ir con el cuento a mamá!* – Recalcó con los labios muy apretados, casi invisibles en su cara.

Asentí pensando quién querría fumar si era asqueroso. No entendía la tensión ni el misterio y eso me excitó todavía más.

No era consciente entonces, y no lo podía ser, de que mi hermana estaba igual de impresionada por Silvia como lo estaba yo con ella. Tampoco sabía entonces y no me enteré hasta mucho después y de casualidad, que el motivo por el que yo iba a la fiesta se debía a una orden expresa e inamovible de mi madre *"Si ella no puede ir, tú tampoco".* Esto provocó tal enfado en Silvia, que la hizo responsable de todo lo que yo pudiera hacer o decir, con la amenaza de no contar nunca más con ella si me iba de la lengua.

Silvia era la mayor de todas, ya había cumplido dieciséis. Se fue a Londres en julio y había vuelto con el pelo pintado de rojo. Le gustaba maquillarse con sombra de ojos azul, cuchichear, *tontear* con los chicos mayores y beber a escondidas. Todas querían imitarla, pero a mí me parecía fea y no me gustaba su olor.

Tampoco me gustaba el desprecio cruel con el que me trataba, ni entendía qué es lo que le había hecho yo.

Con trece años, cualquier contratiempo se me atravesaba. Sin yo quererlo ni pedirlo, dejé de formar parte del mundo de los niños, y aunque lo intentaba, no conseguía encajar en los juegos de adolescentes. A eso había que añadirle el complejo de inferioridad por tener un cuerpo a medio hacer y una hermana mayor perfecta.

No era raro que me sintiera sola, desplazada y desorientada. Nadie confiaba en mí, ni siquiera yo, y cuando la situación me desbordaba, me tumbaba en mi cama, mirando al techo, y escuchaba canciones inglesas de las que no entendía una palabra, pero que me dejaban llorar dulcemente.

Así me encontró Marta horas antes de la fiesta. Se recostó a mi lado y me cogió una mano. No habló, ni preguntó, solo se quedó allí, mirando al techo conmigo, el tiempo suficiente para que yo dejara de hipar.

—No seas tonta. Ponte guapa, ve a la fiesta..., ¡que luego me lo tienes que contar!

Marta es mi hermana pequeña, pero estaba muy espabilada para su edad, o eso decía mi madre. Con solo diez años, su belleza destacaba por un curioso y coqueto lunar en forma de estrella, que puntualizaba cada uno de sus gestos, dos centímetros por encima de su ceja derecha.

Canturreando, abrí el armario y elegí la falda azul con lazo rojo en la cintura.

...

El patio de mi tía Carmeli y escenario de mi primera fiesta era enorme, como su casa, y estaba dividido en tres zonas. La primera aún conservaba las marcas de lo que en su día fue una chimenea, una despensa e, incluso, una bodega. «¿Ves estos azulejos? —explicaban, orgullosos, mis primos, señalando un hueco de la pared con los restos de una cerámica verdosa—, aquí estaba el lavadero y ahí, la cocina. Esta era la casa de mis bisabuelos».

Separada por un escalón se encontraba la explanada de suelo gris oscuro donde aprendí a montar en bici, donde jugábamos al pimpón y desde donde se accedía a la casa y al jardín. A su izquierda, en una fuente de mármol blanco, teníamos las tortugas. La mayoría murieron sin crecer, pero una vez una se hizo tan grande que se salió de la fuente y nunca volvimos a verla.

El jardín se elevaba majestuoso sobre el patio y estaba rematado por un muro de ladrillo caravista rojo. Sobre él, una celosía negra contrastaba con el multicolor de las flores y los distintos tonos verdes de las plantas.

A media altura entre el jardín y la zona de bicicletas, existía un espacio muy largo y estrecho donde a veces había gallinas y pavos. A mí los pavos no me gustan. Me recuerdan, por el moco, a un compañero de parvularios que tuve, que siempre tenía dos velas colgándole de la nariz. Sudaba mucho y estaba siempre enfadado. Y aprovechaba cualquier descuido de la profesora para pegarnos. Desde entonces no soporto a los niños mocosos y agresivos y, por extensión, tampoco a los pavos.

Esa noche, miles de luces de colores iluminaban los espacios. Sobre la mesa de pimpón, cubierta por un mantel blanco de pequeñas flores, había platos de cristal marrón con medianoches y pastelitos de carne. En el centro, un cuajado de almendra con leche y canela. Al otro lado, vasos, servilletas de papel, un cuenco con hielos, Coca-Cola, Fanta y decenas de botellas de Kimen's.

Kimen's era un refresco de zumo de membrillo que fabricaba mi tío y que apenas tuvo distribución en los pueblos de alrededor. Para mí, la mejor bebida que había probado nunca. Con el tiempo supe que estaba tan buena porque en su elaboración solo usaban productos naturales y azúcar de la de verdad. Esto hacía que el coste de producción fuera muy elevado y los beneficios escasos, por eso, cuando la fábrica se quemó por un descuido de un operario, decidieron no volver a abrirla.

Cogí una botella y la agité para formar espuma y que los posos del fondo se repartieran por la bebida. Esos grumos eran la pelusilla del membrillo, lo que le daba el punto amargo y rasposo tan peculiar. Cuando iba a dar mi primer sorbo, me tropecé con la mirada inquisidora de Eugenia:

—Compórtate, que no estamos en el campo —me reprendió.

En el radiocasete sonaba música de Yuri, pero nadie bailaba. Todos parecían un poco descolocados, excepto Silvia, que se movía de aquí para allá con desparpajo.

Un grupo de chicos jugaba a la botella. De tanto en tanto, unas lucecitas rojas se hacían más intensas. Al principio pensé que eran linternas, pero luego comprendí que estaban fumando. Se oían cuchicheos y risas quebradas.

Me hubiera encantado acercarme y enterarme de qué hablaban, a qué jugaban, por qué reían. A solo unos pasos de mí estaba el mundo misterioso de los mayores, con sus secretos y sus aventuras, del que no estaba segura si quería formar parte, ni tampoco me lo permitían.

Absorta en mis pensamientos, fui la única que no se inmutó cuando alguien sugirió que bailáramos por parejas. Los chicos, apoyados sobre la pared, esperaban en fila a que nosotras los invitáramos a bailar. Me tocó el honor de elegir primero, por aquello de ser la pequeña. Seguro que a quien eligiera le fastidiaba que yo, la larguirucha sin tetas, fuera su pareja de baile.

Descarté a los dos primeros porque parecía que siempre se reían de mí. Al siguiente porque, aunque era guapo, nunca me hablaba. A otro porque era más bajito que yo, y eso me hacía sentir incómoda. A otro porque era demasiado mayor y serio... Al final estaba Enrique. Era alto y delgado como yo y bastante tímido también. Parecía un buen chico, de los que no se ríen de la gente.

—Venga, rápido, ¿con quién quieres bailar? —me apremiaron.

—Con él —respondí, señalándolo con el dedo.

Él, muy colorado, se me acercó sin dudar, me cogió la mano y me llevó al centro del patio. En la radio, una absurda canción repetía: «Pásame tu goma de mascar, oh, nena, pásame tu goma de mascar...».

Enrique me miraba con sus ojos verdes mientras balanceaba sus hombros adelante y atrás. Yo, paralizada, apenas si movía un pie de derecha a izquierda. Alguien me cogió los brazos para ayudarme a seguir el ritmo. El colmo de la humillación.

La fiesta continuó hasta no recuerdo qué hora. Mi memoria se bloqueó cuando me vi ridícula por creer que a alguien le gustaría bailar conmigo; avergonzada por ser incapaz de actuar como una persona normal; acomplejada por estar en una fiesta donde todas llevaban sujetador, menos yo, e imbécil por pensar que algún día podría encajar en el grupo de los mayores.

Al llegar a casa, cogí mi diario y, sentada en la cama, escribí: «Estoy enamorada, me quiero morir». Después caí rendida en un sueño profundo, con una sonrisa en los labios y las lágrimas contenidas por el peso de los párpados.

# Guantes rosas

—Pero qué tío más *puerrrco* —dijo Zoila, remarcando mucho la erre, pronunciándola con furia y hastío. Era una erre de asombro y de incredulidad—. ¿Cómo se puede ser tan *cerrrdo*? —Era una erre de lo *rrrabiosa* que estaba por tener que limpiar la *mierrrda* que dejaba por todas partes el que hasta hacía dos semanas era el hombre de su vida—. El hombre de mi vida. ¡Vaya estupidez de expresión! Y menuda cursilada. En esta vida, todos nacemos y morimos solos. No sé quién fue el gracioso que se inventó lo del alma gemela, o lo de la media naranja. Gilipolleces. Creí que había encontrado al hombre aventurero con el que saldría del aburrimiento, y aquí estoy, con estos guantes de plástico rosa que me estrangulan las manos, limpiando un váter lleno de salpicaduras de pipí y de pelitos enroscados.

«¡Ay, si llego a saberlo! Ya decía mi madre que en una

discoteca no se encuentra a nadie que merezca la pena. Pero ¿quién me iba a decir cuando lo conocí que sería tan *cerrrrrrrrdo*? Lo estoy viendo, con esa carita de santo, pidiéndome: "Enséñale a bailar a mi hermana". Su hermana era aquella rubia pavisosa que desapareció a los diez minutos de nuestra conversación. Y luego, cuando quedamos para un café y apareció en vaqueros, con las uñas brillantes y oliendo a limón, ¿cómo iba a sospechar algo así?

»Y sin saber por qué, empezó a llamarme cada día, al despertar. Era tan tierno y tan delicado que cada vez quería un poquito más.

»Luego nos fuimos a Roma, y el sábado, mientras cenábamos, me pidió que viviera con él.

»Acepté, y se convirtió en rana».

...

No puedo con ella, tío, de verdad que no puedo. Se pasa el puto día pasando el dedo por los muebles, por los cuadros, por las estanterías... ¿Por qué no deja de limpiar? No sé cómo decirle que no la aguanto, que se vaya de mi casa yaaaaaa...

...

Que no, que no, que no hay arreglo... Ya sé que *era* alegre, despreocupada y encantadora... ¡Hasta que me invadió! Ahora es un clon de Mister Proper, menudo *coñazo*, tío... ¿Por qué me tiene que pasar esto, *Diosss*?

...

¿Qué noche romántica ni qué *pollas*? ¡Si solo vive para limpiar! Antes de terminar de cenar ya me está quitando el plato para fregar con esos asquerosos guantes de plástico, ¡puag!

...

¡Ayer me miró las orejas! Sí, ríete, ríete... ¿Esta tía qué se cree? Y me jode porque estábamos *cojonudo*, pero es que ahora... es como si viviera con mi madre. Un *coñazo*.

...

Bueno, *mamón*... Que estoy llegando a casa. Hablamos. Adiós.

...

Zoila estaba en la ducha cuando Héctor volvió. Recorrió el salón, sorprendido por el olor a fresco, el orden y la luz. Revisó la cocina, donde todo estaba en su sitio, excepto los guantes de plástico que Zoila había usado para limpiar.

La imaginó con ellos, lanzando improperios contra él,

mientras fregaba los cacharros. Le entraron ganas de reír, y rio.

La pilló con la cabeza enjabonada y canturreando. Feliz como estaba de tener la casa por fin ordenada, y relajada bajo el agua caliente, no puso reparos a la compañía inesperada.

Lo recibió despacio, con las manos tan suaves y apetecibles que Héctor se planteó muy seriamente dar a los feos guantes una oportunidad.

# Ray Biquet

Abrió los ojos cinco minutos después de que Karen le diera un beso en la frente y cerrara con cuidado la puerta tras de sí, pero se quedó en la cama diez minutos más, ocupando el hueco de ella y aspirando el olor a perfume y sudor que había dejado en la almohada.

Recordó los tiempos en que no tenía obligación de compartir cama con nadie. Los años entre Karen y su exmujer. Cuando salía con los amigos a cenar y, en el restaurante y luego en el bar, observaba a las presentes, tratando de descubrir cuál de ellas merecía tanto la pena como para compartir colchón, siquiera por unas horas. Nunca se permitía ante nadie la licencia de hablar ni de su potencial, ni de su evidente éxito con las mujeres, ni mucho menos de sus conquistas carnales. Tampoco en la reunión de los martes, donde la cerveza, el ron y el humo de los cigarros le hacían ver la realidad más espesa y restar importancia a la discreción.

Salió de la cama arrastrando los pies hacia el baño. Se lavó la cara, el torso y las axilas con jabón de tocador, mientras canturreaba una canción de los Beatles. Se cortó las uñas de las manos y de los pies y observó de cerca la escasa barba que le crecía en la cara. No hacía un mes que había cumplido cuarenta y siete años y seguía tan barbilampiño como cuando tenía dieciséis.

Sin peinarse y todavía desnudo, abrió la ventana para ventilar la habitación. El brillo del sol y la claridad del cielo lo cegaron unos instantes, y pensó que hubiera sido un buen día para pasear.

Cinco años atrás, una mala caída en bicicleta estuvo a punto de postrarlo en una silla de ruedas para siempre. Hasta entonces, todos los domingos de su vida desde que él tenía uso de razón los había dedicado a pedalear. De pequeño, acompañando a su padre. De adolescente, junto a su mejor amigo o a alguna vecina que quiso conquistar. Al final, solitario, sin más compañía que una mochila con agua, bocadillos y unos prismáticos que compró en Decathlon.

Pedalear en plena naturaleza era un placer del que

no hubiera querido prescindir. Siempre aseguraba que renunciaría a las mujeres antes que a su bicicleta. Mientras sorteaba arroyos o remontaba colinas, se sentía parte de la savia que había a su alrededor. El aire libre recomponía el equilibrio entre su cuerpo, su mente y su entorno, y después de una jornada de paseo, conciliaba el sueño mucho mejor.

Cuando asimiló que nunca más volvería a montar en bici, reconvirtió el viejo granero del jardín en un pequeño garaje artesanal. Coleccionaba bicicletas de todos los modelos, tiempos y tamaños. Las rescataba del desguace y del sótano de los vecinos. Solo exigía un requisito: que fueran imposibles de reparar.

—Las bicis se inventaron para rodar por el mundo —explicó a un vecino al rechazar su BlancMarine de aluminio sin estrenar—. Está nueva y es tuya. Cuando la destroces, la aceptaré, de verdad. Solo quiero las que ya no pueden circular, como yo.

En la cocina estaba la mesa preparada. Sobre el mantel de cuadros, un vaso de cristal, la taza de café y un cuenco rebosante de cereales y frutas. A la derecha, agrupados en una bandeja de metacrilato, el cartón del zumo, la jarra de leche, un paquete de galletas sin abrir y la cesta de mimbre con cruasanes.

«La organizada y dispuesta Karen», se dijo mientras echaba leche fría sobre los cereales.

A Karen la conoció cuando ya era un hombre legalmente libre y hacía tres meses que se había mudado a su nueva casa en las afueras de Diemen. Ella era joven y bonita, de risueños ojos marrones y boca indecente. Su pelo negro y brillante le llegaba por los hombros y se balanceaba con sensualidad en cada movimiento.

En su primera cita le mintió sobre su edad.

—Solo ocho más que tú, tampoco son tantos —se justificó entre risas, ante la mirada burlona de ella—. Y creo que no me conservo nada mal.

Le gustaba ser descarado y pillo con las mujeres. Era bueno en el cortejo, directo pero educado, y sabía tejer sus redes con tanta maña que, si ellas se daban cuenta, no querían escapar. Cuando Karen descubrió que no eran ocho sino quince los años que los separaban, ya estaba perdidamente enamorada de sus ojos verdes, de sus labios gruesos y expertos y de la pequeña cicatriz de su mejilla, que se hundía a modo de hoyuelo al sonreír.

Tras el accidente, se mudó a casa de Ray por una temporada. Hizo de enfermera, cocinera y chica de compañía. Le daba la sopa, le limpiaba el culo y por las noches se quedaba sentada a su lado, leyéndole novelas de Frederick Forsyth o clásicos de Oscar Wilde. Ray no había conocido nunca a nadie que le inspirara tanto cariño y que desprendiera serenidad y alegría por igual.

Cuando volvió a caminar y ella preparaba la maleta para volver a su casa, le pidió, con un ramo de tulipanes en la mano y una sonrisa impaciente en la cara, que se instalara definitivamente en su vida.

Acabó el cuenco de cereales y, al ir a servirse el zumo, vio la nota apoyada sobre el azucarero, con su nombre escrito con rotulador y en mayúsculas. Extrañado porque Karen le dejara un mensaje sobre papel, en lugar de en la pizarra o colgando de un imán en la nevera, lo abrió para leerlo, y su rostro se ensombreció.

Miró el calendario. No, no había nada que celebrar. Buscó en su memoria, por si había algún detalle que hubiera pasado por alto, y al no encontrar motivo ni razón para aquellas letras, sintió punzadas de angustia en el estómago.

Tiró a la basura las migajas de cereales. Guardó la leche y el zumo en el frigorífico y las galletas y los cruasanes en el aparador. Abrió de nuevo la nota para releer: «Esta tarde volveré pronto. No quedes con nadie. Tenemos que hablar».

Dejó el papel arrugado sobre la mesa de la cocina y, confundido, salió a fumar al jardín.

# Princesa oriental

Ha llegado el día. Gloria observa a través de las cortinas cómo se llena el teatro Gran Vía. «Se ha vendido todo», le dijo la semana de antes el productor, durante un descanso de los ensayos. Estuvo a punto de atragantarse con el cruasán y, mientras el miedo a un vacío absoluto de la sala se apagaba, sintió crecer el pánico a la decepción de un público que pagaba por verla bailar.

Fuerza el giro de las muñecas hasta hacerlas crujir, inspira profundamente inflando la barriga tal y como le han enseñado a hacer en yoga. Se cerciora de que el pañuelo recargado de monedas, flecos y cascabeles está bien cosido a la falda; se santigua dos veces y busca de nuevo en los asientos de la primera fila a su madre y a su hijo, Nicolás. Pero no han llegado.

Frente al espejo, se repasa el maquillaje de los ojos, se coloca la diadema y se alisa su cabello castaño oscuro, dándole forma en las puntas con las palmas de las manos. Se mira de perfil y se encuentra realmente guapa.

—Si el idiota de tu ex te viera ahora, fliparía —dice Elisa, sonriente, ofreciéndole un vaso de agua—. Date prisa, que te toca. Y, por cierto, tu madre y el niño han llegado ya.

Gloria bebe solo un sorbo y abraza a su amiga.

—Gracias, guapa —murmura.

Va a añadir algo más, pero el conductor de la gala pronuncia su nombre: «Con ustedes, Amira, princesa oriental». Y Gloria siente vértigo y un poco de ridículo mientras se dirige, temblorosa, al centro del escenario.

Se abre el telón.

Sus manos unidas se despegan y retuercen una cuerda imaginaria mientras bordean los límites de su cuerpo.

Coqueta y presurosa, mira al público por encima de su hombro.

El brazo ondea como una bandera a orillas del mar. Baja del cielo al suelo sin rozar su piel.

Sonríe pícaramente.

Y comienza a volar.

Han sido las palabras de Elisa, «si el idiota de tu ex te viera ahora, fliparía», las que le han hecho pisar firme y crecerse sobre el escenario.

Un abanico de mariposas se eleva y se agazapa sobre la punta de sus dedos.

Sus caderas se mecen y dibujan un ocho infinito que barre el tiempo buscando un hueco en el aire por el que escapar.

Todavía hoy siente esa rabia al recordar de qué manera tan tonta había sido engañada, o de qué forma tan fácil se había dejado engañar.

Agita el pañuelo con coraje y furia, y tintinean cascabeles a su paso.

La falda de gasa turquesa abraza sus piernas morenas y, con el peso sobre sus rodillas, la cuenca de su cintura cimbrea al son del tambor.

Sigue sin entender por qué había ignorado todas las señales, las respuestas esquivas, los silencios eternos.

Las ondas se extienden hasta el límite de sus caderas y el escenario se llena, bajo sus pies descalzos, de purpurina y de pompas de jabón.

Quizás por la imperiosa necesidad de saberse importante para alguien.

Sus muñecas son aves que planean sobre un velo de seda azul bordado con esmeraldas.

Sus brazos, olas sobre las que navegar.

Y se sintió deseada, querida, admirada…

Las luces se atenúan y un foco anaranjado la acaricia solo a ella, que, sensual, recoge sus cabellos y su vergüenza.

Y creyó, ¡qué tonta fue!, que solo ella sabía apreciar lo que tenía esa relación de especial.

Los tambores se apagan de golpe y la flauta comienza a silbar.

Luego descubrió de casualidad que no era la única, ni siquiera la principal: «Luis, el del club Tentaciones, va a casarse», «¿Qué me dices?, ¿han cazado al donjuán?».

Las notas contagian al cuerpo, la danza contagia al cascabel. Y la serpiente se estira y se arruga, convirtiendo el vientre en gusano y el pecho en mar.

Ella guardó silencio y lo increpó al llegar a casa. Y él no lo negó.

Y vibran sus poros como el árbol se agita. Y en el ombligo se concentra, al ralentí, su amor.

¡Cuánta rabia, cuánta furia, cuánto dolor, cuánta desesperación!

Tiembla el volcán, se enciende, con el tiempo se hace poderoso y comienza a hervir, hasta que estalla por el costado e inunda los rincones de magia y de campanillas.

Salió de su vida sin reprocharle nada.

Y silencio.

La serpiente cae muerta sobre su propio deseo.

Ni siquiera le dijo que tenía un retraso de un mes.

Se cierra el telón.

El teatro estalla en un sonoro aplauso. Gloria, todavía en el suelo, siente que el corazón le arde en el pecho, por el cansancio y por la felicidad.

Se levanta con una sonrisa y atraviesa de lado a lado el escenario para saludar. Algunas monedas desprendidas del pañuelo se le clavan en la planta de los pies, pero apenas siente dolor con tanta emoción desbordada.

A la salida, su madre, orgullosa, y su hijo, admirado, la abrazan y la besan. «Sabíamos que lo harías genial». Y Gloria parpadea sobre una lágrima gruesa que le nubla la vista, mientras acaricia la mano de su madre y coge en brazos a Nicolás.

# Cuba

«Como vuelvas de Cuba sin haberte tirado a una pedazo de negra, *t'enteras*».

Me lo dijo así, tal cual. A bocajarro.

No sé qué me descuadró más, si el permiso concedido o el verbo utilizado.

Tirar.

Maleni es más de *follar*, de *meter*, de *chingar*. Muy al principio de estar juntos, cuando se ponía romántica, me miraba con cara de niña buena, de no haber roto nunca un plato, y proponía: «Hoy vamos a hacerlo, ¿verdad?».   Pero lo de «tirar» nunca lo ha usado. Al menos, no conmigo, que yo recuerde.

Y me dejó así, con el desconcierto en la cara y un beso de despedida en la puerta de embarque.

A estos no les dije nada. ¿Qué les iba a contar?

Desde que se decidió Cuba como destino para la despedida de Paco, todos y cada uno de ellos habían tenido bronca con sus mujeres: que si qué os creéis; que como vayas, me pierdes; que me llames todas las noches; que no te lo pienso perdonar... Incluso Manolo se quedaba en tierra porque Luci, embarazada de dos meses, amenazó con irse a abortar. Siempre he pensado que esa chica es una desequilibrada.

Y ante ese panorama, ¿cómo les iba yo a decir que la mía no solo me animaba a montármelo con otra, sino que, además, quería que a la vuelta se lo contara con todo lujo de detalles? Imaginé sus reacciones ante mi confesión:

—*Coño*, tú sí que sabes.

—Maleni es la más guay, tendría que habérmela quedado yo.

—Pues aprovecha y *fóllate* todo lo que se menee...

Imaginé también lo que a mis espaldas dirían:

—Esta se lo está montando con otro y le da permiso al Lolo para limpiar su conciencia.

—¡No sabe na Maleni!

—Es una zorra capital.

Así que me callé. No hacerlo hubiera sido abrirles la puerta para que escarbaran en nuestra intimidad.

Y con el comecome, me pasé atontado todo el vuelo, soportando sus burlas:

—Lolo, ¿qué pasa?, ¿te da miedo volar? ¡Tienes la cara blanca!

—¿Pero Lolo ha venido? Yo pensaba que eso era la maleta de Fede, como no dice na...

—Habrá sido Maleni, que le ha arrancado la lengua pa que no le dé por chupar...

Cada comentario era cacareado por las risas de los demás.

Me inventé que apenas había dormido, que necesitaba descansar.

—Descansa, descansa, que luego no vamos a parar...

Cerré los ojos para hacerme el dormido y oí decir a Juan:

—Por cierto, que no haya malentendidos. Lo que pase en este viaje, aquí queda. Ni ver, ni oír, ni juzgar.

Y yo no sabía qué pensar. Cumplir mi fantasía de toda la vida —dos mulatas a la vez— se acercaba a ser una posibilidad, pero con autorización perdía toda la gracia. La orden de Maleni había hecho desaparecer el morbo de lo prohibido, ¿lo había hecho queriendo? Nunca lo iba a saber, con ella nunca se sabe, así que traté de olvidarme y dormitar.

Con estos siete desmadrados todo era parecido al viaje fin de ciclo de la facultad: sol, playa y resaca por la mañana; noches de bailes, excesos y alcohol.

Cada noche, antes de salir, me repetía: «Esta será la tuya». Pero luego me bloqueaba y me sentía incapaz. Por el día me acordaba y me encabronaba: «Que me tire a una pedazo de negra, me dice. ¿Qué pasa?, ¿que le da igual?».

La última noche decidí quedarme en el hotel. No quería presenciar más numeritos de cuarentones desfasados ni sentirme imbécil por no ser capaz de llevar a cabo el *mandato* de mi mujer.

Estos me dejaron solo con sus reproches:

—*Joder*, tío, eres un muermo.

—No sé qué te pasa, pero estás fatal.

—Vaya viajecito nos has dado.

Fue después de mi solitaria cena cuando la encontré en el bar. No era tetona, pero sí muy guapa. Y me invitaba, sonriente, a bailar.

Con las palabras de Maleni todavía calentando mi oído, inflé pecho y me acerqué, dispuesto a no verme, ni oírme, ni juzgarme.

... 

Aterrizamos con dos horas de retraso en Madrid. Maleni me había mandado un *whatsapp*: «Te espero en casa. Está lloviendo». Las otras mujeres, con caras de mala leche y ansiedad, no faltaron al aeropuerto, buscando en nuestras miradas indicios de una traición.

Agradecí que Maleni fuera distinta a todas y me dejara despedirme de Cuba en el taxi. Eso y que me diera tiempo a pensar cómo *carajo* iba a contárselo.

Cuando llegué a casa, me esperaba en el sofá. Se tiró a mis brazos, sonriendo.

—¿Por dónde empiezas? —preguntó con picardía, mirándome a los ojos.

Yo me senté en el sofá. «¿Por dónde empiezo?». Estaba convencido de que dijera lo que dijese, la iba a decepcionar, pero no podía mentirle después de todo.

—Bueno, pues en Cuba... —dije, aclarándome la garganta y las ideas.

Ella se rio, divertida, y me mandó callar tapándome

la boca.

—Deja a Cuba en su sitio... Que digo que por dónde quieres empezar.

Y, como al principio, su cara de niña buena, de no haber roto nunca un plato, a dos centímetros de la mía:

—Porque hoy lo hacemos, ¿verdad?

# Palabras y flechas

Los tonos de la llamada se me hacen interminables, eternos.

—¿Alberto?

—Hola, bonita, ¡cuánto tiempo!, ¿todo bien?

—Sí, todo muy bien, ¿y tú?

—Vamos tirando... ¿Estás en Sevilla?

—No, pero voy la semana que viene. Quería saber si podíamos vernos.

—Claro que sí. ¿Tienes algo que contarme? ¿Te has hecho ya mayor?

—No exactamente. Voy a casarme.

...

Estoy tan nerviosa como cuando tuve mi primera cita, aquella cita que ya ni recuerdo. No me gusta cómo me queda la ropa. Me cambio tres veces. Sigue sin gustarme. Al final me pongo algo informal. «Arréglate como si no te hubieras querido arreglar», que dicen algunas revistas.

Tengo que hacer algo con esta cara. No quiero parecer una muñeca pintada, pero quiero que él me vea guapa, me reconozca guapa. Quiero gustarle, sentir que a ese hombre que tendré delante de mí se le encienden los ojos y a la memoria le viene el destello de lo que pudo pasar y sin embargo.

Entre nosotros hubo algo especial. Nunca nos definimos, pero cuando dos personas conectan de cierta forma, de esa forma en que nosotros lo hicimos, no hace falta ponerle nombre a la relación.

Éramos amigos de llamada diaria, de confesiones interminables, de compañía irremplazable. No fuimos amantes, ni locos, ni pasionales, ni apacibles, ni tranquilos. Siempre estuvo presente en nuestros abrazos y nuestras conversaciones esa línea que no nos atrevimos a cruzar. Siempre presente lo que podría ser y nunca era. Lo que debió haber sido. Quizás no debió ser nada.

Recuerdo con intensidad un viaje desde Sanlúcar a Sevilla. Habíamos ido a pasar el día allí, a comer pescaíto y tapas; un día de playa sin sol y sin verano, de los que más se disfrutan. A la vuelta, en el coche sonaba un recopilatorio de canciones románticas de los ochenta, que yo había bautizado ingeniosamente como «*despacias*», la típica cinta que hoy me abochornaría escuchar, y el silencio se interpuso entre nosotros. Cada uno en sus propios pensamientos, pero cada uno intentando entrar en los del otro.

Mi imaginación divagaba: «Y si él y yo...». Con sus dientes afilados me mordisqueaba la palma de la mano, me chupaba los dedos, era su costumbre. Y a mí me encantaba sentir de ese modo su calor, su cariño y su pasión. Entonces lo vi más claro que cualquier otro día: quería a ese chico que me hacía reír y al que siempre lloraba mis penas. Ese grandullón que me entendía y que, cuando me encontraba, me estrechaba entre sus brazos.

Al despedirnos, me dio un beso caliente y corto a través de la ventana del coche. Qué incómoda postura. Qué ganas de abrazarlo y de besarle bien. Pero nuestras ganas (quizás, solo eran las mías) se quedaron indecisas, atrapadas por aquella puerta que nos separaba a los dos. Aquella puerta plateada del viejo Ford Scort heredado de mi madre.

Y él titubeó en su marcha, y yo en la mía. Pensé en

salir del coche, pero no lo hice. ¿Y si todo estaba solo en mí? Me dio vértigo bajar del podio de amiga del alma para perderme entre sus brazos. Conocía demasiado de sus escarceos y de sus infidelidades, no quería convertirme en una más.

Luego vino Laura, y todo cambió. Aún se me acelera el pulso cuando recuerdo, palabra por palabra, aquella conversación:

—¡Hola, hola! Hoy es viernes, ¿dónde vamos a cenar?

—Justo ahora iba a llamarte. Lo siento muchísimo, pero lo vamos a tener que cancelar.

—¡¿Qué me dices?!

—He conocido a alguien.

—¡Ah!

—Se llama Laura.

—...

—Es estupenda, ¡te va a encantar!

—... Ya...

—Es que quiero que esta vez salga bien. No te importa, ¿verdad?

Tres semanas más tarde decidí irme de la ciudad.

Quería volar, quería crecer, quería demostrarme y demostrar que yo sola podía. Pero, sobre todo, quería pasear por la calle con la tranquilidad de saber que nunca me lo encontraría caminando de la mano con ella.

Y ahora estoy de vuelta aquí.

Parece que fue ayer cuando canceló nuestra cena de los viernes. Entonces lloré, temiendo tener que vivir siempre con un vacío en el alma y en soledad, y ahora seré yo quien ponga punto y final a esa ausencia. Ya no guardaré más ese hueco que nunca quiso ocupar.

Y en ese momento, cuando se acerca el reencuentro y sabes que hay un sentimiento no identificado que te une a esa persona, te planteas cómo estaríais ahora si hubieras sido sincera o valiente aquel día.

Echo una última mirada a mi aspecto en el retrovisor. «Estás muy guapa». «Gracias, tú también». Soy consciente de que estoy hablando sola y me río. Con paso tembloroso me dirijo a nuestro encuentro.

Y allí está, esperándome en la mesa, tamborileando los dedos. Más calvo y más sereno. Pronto descubro que nada ha cambiado en lo esencial: sigue entornando los ojos cuando me escucha, los labios ligeramente cerrados, la sonrisa de pillo, el roce fácil.

Tras un rato hablando, nos quedamos callados, y la nostalgia se sienta con nosotros en la mesa.

—Fueron buenos tiempos aquellos que vivimos —dice, pausado, como si tal cosa.

—Fueron divertidos —añado, mirando al vacío, sin saber si me quiero asomar al pasado delante de él.

Se me acerca y, con su sonrisa de niño malo, confiesa:

—Me hubiera gustado que lo hubieran sido más.

Luego le da la risa porque me pongo colorada. Sé que tengo que hablar y concluyo que mejor decir la verdad ahora que volver a mentir. Es más sencillo sincerarse con un tiempo pasado, con un tiempo que ya no es. Uno puede hablar en pretérito para proteger sus sentimientos del presente. Y desde la distancia es más fácil reaccionar y burlarse de uno mismo si se hace el ridículo al mostrar la propia desnudez. Así que le miro a los ojos y lo que sale de mi boca, lo que digo, no es exactamente lo que pensaba decir. Pero no es menos cierto por ello:

—Me sigo poniendo nerviosa cuando estoy contigo.

Hasta a mí me asusta el sonido de mi confesión.

Él me mira serio, un poco sorprendido. Luego contiene una sonrisa triste, rendida, y reconoce:

—A mí me pasa lo mismo, y lo sabes. —Se ríe—. Disimulo fatal.

Se vuelve a poner serio y me levanta la barbilla, mirándome sin hablar. Los ojos se me llenan de lágrimas y pienso lo que no debo pensar, que es —ahora lo sé con certeza— lo mismo que está pensando él. Y me encantaría detener el tiempo y quedarme por unas horas, por unos días, a su lado, viviendo y apurando lo que nos quedó por disfrutar. Pero he hecho una elección y sé que es la correcta. He tomado una decisión que tengo que respetar.

Al despedirnos, nos abrazamos fuerte. Ojalá pudiera, ojalá todo fuera más fácil, ojalá...

—¡Te veo de camino al altar! —le oigo gritar a mis espaldas mientras me dirijo al coche.

Yo me despido con la mano, sin girarme. Ni me atrevo a volverme para mirarlo, ni quiero que me vea llorar.

# Galletas del príncipe

Otra vez no. Otra vez una única raya. Y aunque segundos antes de conocer el resultado sabía que era negativo, no pudo evitar sentirse decepcionada y enfadada.

El retraso de este mes parecía diferente: tenía el pecho inflamado y dolorido, unas incontenibles ganas de llorar y demasiado cansancio. No fue por nada que se lanzó a comprar un nuevo test.

Lo tuvo cinco días guardado en el armario. Cada tarde, como por casualidad, lo encontraba entre las camisetas. Entonces lo cogía con las dos manos muy separadas, haciendo pinza con el dedo índice y el pulgar, como si temiera tratarlo con brusquedad y romperlo. Después se sentaba en la cama, lo miraba, le daba una vuelta, leía el lateral.

«¿Me lo hago?».

Lo giraba de nuevo.

«No, no», se respondía.

Y como por instinto, llevaba su mano derecha al bajo vientre y estrujaba, buscando una señal, un indicio, de ese pequeño y deseado cambio.

«Será negativo», se decía. Y volvía a guardarlo en el armario; esta vez, entre los calcetines.

Cambiaba el escondite con la inútil esperanza de olvidarse de algo que se empeñaba en recordar cada segundo de cada día, desde que empezó con el retraso. Luego, tras cerrar la puerta del armario, se detenía unos instantes con los ojos cerrados, tratando de imaginar qué haría ese Predictor escondido hoy entre sus calcetines, anteayer entre sus bragas.

Ese día actuó sin pensar: llegó a casa, dejó la agenda y el bolso a los pies de la escalera, subió a la habitación y, sin dar ocasión a que cualquier pensamiento la distrajera de su cometido, abrió la caja e hizo pipí.

Y solo una raya.

Sentada en el váter, se balanceaba, intentando controlar toda esa rabia y calmar el latido desbocado en su pecho.

«¿Y por qué el resto del mundo lo consigue y yo no?», se preguntó con lástima.

Al principio, Marta recibía los embarazos de sus amigas con alegría: «Ya mismo me tocará a mí». Pero cuando fueron pasando los meses y estos se convirtieron en años, cada vez que alguien se preñaba, ella lo encajaba como una burla del destino y lo anotaba en su lista de autoreproches como otro fracaso más. La incertidumbre, en su caso, había convertido lo de ser madre en una competición.

Con el Predictor usado en la mano, abrió la basura y pensó que quería un cigarro. Buscó por la casa, en los trajes de Pablo, en la cajita donde guardaba el costo, en el armario, en el salón... No había ni rastro de tabaco.

Había dejado de fumar hacía más de tres años, y esa era la primera vez que pensaba en fumarse un cigarrillo, que deseaba uno. Era su venganza contra la naturaleza. Un castigo a sus ovarios por no querer regularse. Un escarmiento por ese óvulo que no se quiso emparejar. «¿No hay niño?, pues toma nicotina. Veremos quién manda aquí, hombre».

Pero no encontró el tabaco, así que se fue a la cocina, cogió del escurridor una taza y realizó el proceso como siempre que estaba en crisis.

Una vez vertida la leche, marcó un minuto en el microondas y lo paró cuando solo llevaba veinte segundos funcionando. Siempre era así en verano. En invierno la sacaba a los cuarenta segundos, pero nunca dejaba pasar el minuto entero. Si no, la leche quemaba demasiado y luego la lengua le raspaba.

Añadió cuatro cucharadas de Nesquik. Sabía que tres, incluso dos, hubieran sido suficientes, pero era la costumbre que le quedaba de cuando consumía Cola Cao, tan difícil de disolver. Abrió el paquete de galletas del Príncipe y se recordó de pequeña, con sus hermanas, compitiendo por ver quién era capaz de comer más:

—Yo me he comido tres —presumía con la pequeña estrella de su frente estirada por el orgullo.

—¡Y yo, cuatro! —decía Mercedes.

—¡Pues yo, seis! —exclamaba Eugenia. Era la mayor y siempre ganaba en todo. En esto no iba a ser diferente.

Entonces las galletas llevaban grabada en el diámetro la palabra «beukelaer». Ellas las mojaban hasta la mitad, justo hasta que la marca se hundía en el chocolate, y tenían que aguardar dos segundos y medio exactamente para sacarla y llevársela a la boca, donde la dejaban deshacerse. Si tardaban un poco más, la galleta se partía y entonces se enfadaban, a veces incluso lloraban, y no querían beberse toda la leche porque había *mijillas* de galleta en el fondo y parecía papilla, y ellas ya eran muy mayores para comer papilla.

Quizás, pensó, recurría a la ceremonia de las galletas del Príncipe como recuerdo y homenaje a su infancia. Tal vez no era casualidad que siempre se acordara de ellas cuando se encontraba sola, o perdida, o decepcionada, o triste o en período de ovulación. Puede que inconscientemente fuera su pequeña reivindicación de la inocencia perdida y, en parte, conservada a lo largo de los años.

Ahora se podía comer el paquete entero en diez minutos, pero siempre se dejaba una o dos galletas para limpiar un poco su conciencia. Además, no esperaba a que la galleta se deshiciera en la boca. Se la tragaba directamente, sin apenas respirar entre bocado y bocado.

Como después de la merienda ya no iba a correr ni a jugar a la tángana, esas ocho galletas de riquísimo chocolate zampadas en menos de un cuarto de hora se le quedaban pegadas al culo o inflando su barriga. Y un pequeño remordimiento empezaba a zumbar por su cabeza, como un insoportable moscón.

Así, al terminar, se prometía que nunca más, y cuando Pablo llegaba a casa, le decía: «A partir de mañana no compraremos galletas del Príncipe». Y Pablo, al ver el papel arrugado del paquete medio vacío sobre la mesa de cristal, hacía un gesto de rendición con los hombros, y luego sonreía y decía: «Vale, desde mañana». Eso era una de las cosas que más le gustaban de él: siempre sabía cuándo había que seguirle la corriente.

Pero ese día se acabó el paquete entero y se contuvo para no abrir otro porque el botón del vaquero le oprimía y se lo tuvo que desabrochar.

Tiró el envoltorio a la basura y llevó las manos hacia su cintura. *Et voilà!*, un conocido dolor en el lado izquierdo del abdomen y una sensación de náuseas en los riñones le confirmaron lo que ya sabía.

Podía tener un retraso de catorce días o de un mes, pero bastaba hacerse la prueba, para que la regla le bajara en menos de una hora. La regla tardaba tanto como paciencia y sangre fría tuviera ella para no hacerse el test. Esa era su teoría y era una pena que no fuera demostrable.

Encendió el ordenador después de ponerse una compresa y de resoplar. Y miró a ver si había algún contacto en Skype con quien hablar mientras esperaba a que Pablo regresara del trabajo.

# Desencuentro

La decisión estaba tomada y sabía que era lo que tenía que hacer, pero el convencimiento no me libraba de ese dolor agudo que sentía en el alma ni de los retortijones en el esternón.

Esperé a que Pedro volviera a casa, con una copa de vino que no probé. Cuando abrió la puerta, supo en seguida que algo pasaba.

—Me voy de casa —dije sin darle tiempo a preguntar.

—Pero ¿por qué? —Aturdido, miraba de reojo el equipaje en el recibidor.

—Esta relación no avanza, no queremos lo mismo en la vida, y así no tiene sentido continuar.

Pedro se aflojó el nudo de la corbata y se sentó a mi lado. Tomó la copa de mis manos, como cada noche, como si todo fuera bien, y tras dar un sorbo y devolvérmela, me increpó:

—Es por lo de los niños, ¿verdad?

No respondí, ¡era tan evidente!, y él siguió, dispuesto a convencerme con una de sus peroratas, sin darse cuenta de que esta vez sus argumentos y sus palabras caerían en saco roto. No me iba a detener nunca más.

—No deberías tomártelo a mal. Lo que no puede ser, no puede ser.

Usaba el mismo tono que emplearía con un niño y, mientras lo hacía, intentó acariciarme la mejilla, caricia que yo esquivé con decisión.

—Podría ser si lo intentáramos, pero como no los quieres...

—¿Me estás presionando? Dijimos que nunca nos presionaríamos en lo esencial...

No te lo he contado, pero Pedro es experto en darle la vuelta a la tortilla. Eso se le da fenomenal. Sabe cómo hacerte sentir mal incluso cuando es él quien no está actuando bien. Y es capaz de sembrar la duda en la persona más convencida. Argumenta con tanta soltura y rotundidad que, si callas, estás perdido. Y yo siempre callo cuando me hacen dudar. Pero esta vez era diferente, aunque él no lo supiera todavía.

—Lo que dijimos es que en lo esencial deberíamos estar de acuerdo desde el principio.

—¡Exacto!

—Pues, para mí, esto es esencial. E-SEN-CIAL.

Le sostuve la mirada mientras pronunciaba cada sílaba con voz cansada y, a la vez, tomé conciencia de que ya no había marcha atrás. Sin embargo, pese a notar sobre los hombros la responsabilidad de poner punto y final a algo, pese a sentir pena por lo que ya no iba a ser y pese a tener miedo por ser yo quien decidía en este caso, no me tembló la voz.

Pedro suspiró, preocupado. Se quitó la corbata y la chaqueta, y las dejó sobre la silla del comedor. Se remangó la camisa y se sirvió una copa para él. Lo conozco y sé que intentaba ganar tiempo simulando tranquilidad. Lo conozco y sé que se preparaba para disparar apuntando hacia otro lado. Eso yo ya lo tenía claro antes de que empezara a hablar:

—Sabes que no me importaría si fuera tuyo y mío.

Lo dijo serio, entornando levemente un ojo, el derecho, como hacía cuando quería remarcar su sinceridad, hacerla más evidente. Yo no dudaba de su franqueza. No era una broma, ni era una excusa, por muy absurda que resultara; era su forma de pensar. Y yo la conocía desde hacía mucho, pero había preferido ignorarla. Alimentar mis ilusiones bajo mi propio deseo: «ya cambiará». Ese empeño que tenemos los humanos en no procesar lo que intuimos, lo que tememos, cuando sabemos que afrontar la realidad nos dolerá. Y somos capaces de ponernos un velo en los ojos, de engañarnos, con tal de no mirar nuestra propia vida de frente, con tal de no aceptar al que queremos como es, en vez de como nos gustaría que fuera.

Pero esa ceguera provocada había terminado para mí. Y ahora tocaba poner punto y final a nuestra relación. Pedro no iba a cambiar y yo tampoco. La felicidad de uno canibalizaba la del otro. Lo veía tan claro que no sabía cómo había sido capaz de vivir así.

Continué la conversación sin ganas, como un trámite que tenía que pasar.

—¿Qué cambiaría eso?

—¡Que sería nuestro de verdad! ¡Alguien hecho de nosotros!

—De la otra forma también sería nuestro, también sería un poco «nosotros».

—Me extraña... —Mi cara se contrajo brevemente, pero no dije nada. Él continuó—: Bueno, no lo sé. Me temo que eso nunca lo sabremos... Es que no sé si estoy dispuesto a pasar por todo ese calvario burocrático, los años de espera, sin saber si esto se resolverá como nos gustaría... No sé, en fin, creo que yo también tengo derecho a pensármelo.

No quería recriminarle nada. No sé qué me enfurecía más, si su egoísmo o mi cobardía. Pero mi silencio se interpuso entre los dos como un dedo acusador. Al menos, así lo sintió él y se retorció a la defensiva:

—¿Qué?, ¿acaso tú nunca tienes dudas?

—Sí, muchas. Pero, que tú y yo queremos cosas diferentes en la vida, ahora lo tengo clarísimo —dije, recogiendo las maletas.

—Así que me dejas... así, sin más...

No respondí, solo esbocé una sonrisa amarga, concentrándome en no flaquear: «No me vas a detener, no me vas a convencer; esta vez, no». Mientras cruzaba el umbral, murmuró a mis espaldas:

—Ya encontrarás con quien tenerlos, entonces. Y sus palabras se me clavaron como un puñal. Esto tampoco te lo he dicho nunca, pero cuando quiere, puede ser mordaz.

Cerré la puerta con firmeza detrás de mí. «Lo conseguí, conseguí plantarle cara a la vida que no quería y al hombre que amaba, pero que no podía hacerme feliz». No soporto no conseguir los sueños por no perseguirlos. No soporto rendirme sin luchar. Pero en esa lucha que debía emprender para alcanzar mi meta había otra parte implicada que, tristemente —al menos, para mí—, no quería pelear.

Al salir del portal y verme en la calle con una maleta y sin un sitio adonde ir, llamé a mamá. Necesitaba de su cariño incondicional. Fue oír su voz, alegre y serena, y comencé a llorar. La congoja me explotó en la garganta, y no dejaba de hipar, incapaz de articular palabra. Al otro lado de la línea, ella, alertada, repetía:

—Álvaro, hijo mío, Álvaro. ¿Qué te pasa? ¿Estás bien? ¿Dónde estás?

Yo me senté en un banco para tranquilizarme y, entre sollozos, empecé a relatar:

—He tomado una decisión, tenía que hacerlo.

# Lo que yo no sé

Cinco minutos después del apagón, se encienden, por fin, motores y luces, y un minuto más tarde, entramos en la estación de Parque de las Avenidas. Respiro, aliviada, observando a los que están a mi alrededor, para comprobar que no me he quedado ciega en la oscuridad absoluta de este tren. Y al verlos así, sentados y aburridos en su mayoría, pienso que es una buena ocasión para hacerles un retrato literario.

Habitualmente no voy por ahí escribiendo biografías inventadas de los demás. Lo normal de mis paseos en metro es que me limite a mirar la punta de mis zapatos. Esto me sirve para concentrarme en repasar los temas pendientes en el trabajo, en casa o con mi pareja, y porque una vez presencié un lamentable suceso en el que un tipo amenazaba con matar a un estudiante por dirigirle, según su propia apreciación, una mirada llena de desprecio. El chico se apresuró a salir del metro por instinto de supervivencia, para encontrarse, de repente, en la superficie, esperando el 52 y sin saber todavía qué demonios había pasado. Yo, que sí tenía claro lo acontecido, me quedé dentro del vagón, rígida en mi asiento y sin encontrar mejor refugio para mi mirada que la punta de mis pies. Desde aquel día, no he vuelto a mirar a ningún desconocido a la cara durante más de dos segundos seguidos.

Pero hoy es distinto. En primer lugar, porque este no es mi trayecto habitual y no es lo mismo entretenerme en nada durante las cinco paradas que recorro diariamente, entre Moncloa y Callao o viceversa, que atravesar toda la ciudad en la línea naranja, concentrada en un punto fijo, a riesgo de dormirme o descuidarme y bajar en otra estación. Y, en segundo lugar, por el susto de muerte que me he llevado en el maldito metro, que me ha dejado atrapada bajo tierra cinco eternos minutos, tiempo más que suficiente para concluir, en plena crisis de este miedo infantil que me provoca la oscuridad, que, si ya nunca más vuelvo a ver, me gustaría tener como último recuerdo algo más vivo que unas botas negras, gastadas y bastante sucias, por cierto.

—Disculpe, ¿me deja paso? —me pide una

dulce voz dominicana.

Al levantar la vista, me encuentro con una joven pequeña y regordeta, de cejas finas, ojos color miel y piel blanca manchada por un puñado de finísimas pecas. Lleva un gorro de lana y fieltro y un bolso de imitación. Las uñas, largas y afiladas, están sin pintar, y sus manos parecen suaves. Desconcertada por su apariencia, que no concuerda con su acento, retiro bolsas y piernas y saco del bolso mi libreta rosa y gris para anotar: «Estudiante extranjera. Pelirroja. Le cuesta llegar a fin de mes y trabaja de noche en un bar. Su novio viene esta noche de Buenos Aires para pasar una semana con ella, de ahí su sonrisa. Vive en Madrid desde hace tres meses y pone todo su empeño en buscar un trabajo que le permita quedarse a vivir aquí».

Lo que yo no sé es que es hija de un dominicano y una irlandesa residentes en Londres, que trabaja en la BNP, que su bolso es un Louis Vuitton auténtico y que está contenta porque acaba de encontrar casa en Madrid. Durante ocho semanas buscó un apartamento cómodo cerca del banco. Las tres primeras estuvo condenada a compartir una habitación de seis metros cuadrados en el barrio de Malasaña y recibía una bofetada cada vez que un propietario la rechazaba, desconfiando de su acento.

Nunca se habría imaginado que en un país como España la despreciaran por el deje de su voz. Las cinco semanas restantes vivió en casa de su compañero Luis, que no dudó en ofrecerle alojamiento al verla tan desesperada.

—¿Y qué piensa tu mujer? —La voz ligeramente esperanzada.

—Ella está de acuerdo. De hecho, la idea ha sido suya y ya te ha preparado una habitación.

Ahora sonríe al imaginar las caras de sorpresa y alivio de Luis e Inés cuando les confirme que por fin va a devolverles la intimidad que un día les robó.

Al fondo del vagón, en los asientos de la izquierda, un hombre de unos cuarenta años me está mirando. Al encontrarse con mis ojos, desvía la vista y frunce el ceño como si leyera el cartel de Libros a la Calle que cuelga de la pared. Tiene los ojos separados, los párpados caídos y la boca rellena y dibujada hacia arriba. Recién afeitado y con el pelo aún mojado, me resulta demasiado aseado para la hora que es, y eso me incomoda. Sobre él no quiero escribir.

La pelirroja dominicana se ha bajado en Avenida de América y su lugar lo ocupa ahora una señora de cincuenta y cuatro años, excesivamente maquillada para mi gusto y para su edad.

Sus finos labios están perfilados de marrón oscuro y pintados de un tono rosado, y los ojos, cargados de sombras azules y negras, se sostienen sobre dos pequeñas bolsas violáceas. Un abrigo de piel vuelta le llega hasta los pies, por lo que parece más voluminosa de lo que es. Tiene el pelo oxigenado, cardado y recogido en un moño alto con un pasador de nácar. Sus pendientes son de perlas, y las manos, pecosas, las tiene repletas de pulseras.

«Por no estropearse el maquillaje, nunca les dio un beso a sus hijos. Ahora, en su soledad, pasa las tardes haciendo croché y los sábados juega al tute con sus amigas, mientras toman café. Su vida es aburrida y vacía, y está convencida de que se merece algo más, aunque nunca ha tenido claro qué. De sus cuatro hermanos, tres han muerto, y con Aurora, que vive en Galicia, lleva dos años sin hablar».

Lo que yo no sé es que la señora de cabellos oxigenados nunca tuvo hijos, ni siquiera llegó a casarse. Su novio murió al caer en un pozo tres meses antes de la boda, y ella nunca se volvió a enamorar. De aquel dolor le queda el rictus amargo en la boca y la necesidad de pintarse la sonrisa a modo de disfraz. Es dulce y cercana en el trato, sus sobrinos la adoran y los hijos de estos, también. Aunque no cree en Dios y desconfía de la Iglesia, colabora estrechamente con el orfanato que gestiona el párroco de su barrio.

Al fondo del vagón, unos ojos separados me miran con desaprobación, como si me estuvieran leyendo el pensamiento. Pero yo no hago caso a sus intentos por llamar mi atención y continúo escribiendo a golpe de corazonadas.

Frente a nosotras se ha sentado un señor de pantalón y pelo grises y chaqueta a cuadros granate. Lleva la cartera en la mano, de la que asoman dos billetes de cien euros. «Soltero y confiado». Tacho lo de soltero, una alianza de oro en su mano izquierda me indica lo contrario. Lleva gafas de montura plateada, que resbalan sobre su colorada nariz. Extrae el móvil del bolsillo del pantalón y, desganado, revisa los mensajes. Se detiene en uno y, con ojos húmedos, sonríe. «Administrativo, cincuenta y cinco años, casado y sin hijos. Tiene una aventura con una compañera de trabajo, pero no se considera infiel. De carácter débil y manipulable, no sabe expresar sus sentimientos y fantasea con los mensajes que le envía una desconocida que conoció una noche en un chat».

Lo que yo no sé es que el hombre de la chaqueta granate y la sonrisa triste enviudó en 2013, quedándose a cargo de sus tres hijos de veinte, diecisiete y dieciséis años. Trabaja en Endesa y ayer le propusieron la prejubilación. Sabe que es la oportunidad de pasar más tiempo con sus hijos antes de que se independicen, pero después de casi cuarenta años trabajando, le asusta disponer de tanto tiempo libre y, sobre todo, de tantos momentos para pensar. Aunque ya hace tres años que murió Isabel, continúa llevando la alianza, y cuando sus hijos le animan a que prescinda de ella y rehaga su vida, siempre contesta igual: «Estará conmigo hasta que la muerte nos vuelva a unir».

De regreso a casa, relee un mensaje que su hija Laura, la pequeña, le ha enviado esta mañana y que dice: «No tengas miedo. Prejubilado o no, te querré igual». Y de nuevo siente que el pulso le tiembla y las lágrimas le oprimen la garganta.

Con el calor del subterráneo, al cuarentón del fondo se le han secado algunos mechones y le caen rizos sobre los ojos. Lleva un traje beis sin corbata y zapatos sin cordones. Se ha adelantado unos asientos, como si quisiera estar cerca de mí. Tiene las manos sudorosas y la piel rosa y brillante. Le sostengo la mirada y esta vez sonríe, mostrándome una dentadura grande y blanca.

Tanta perfección me atemoriza, y doy un brinco en el

asiento. Es un tipo raro, de los de miradas sin fondo y risa forzada. No me inspira confianza que sea tan limpio ni tan gentil, y como no quiero cargar mi libreta con su imagen, sigo sin escribir nada sobre él.

En Antonio Machado suben dos jóvenes enfrascadas en su conversación.

—Me parece fatal lo que le hizo Fátima a Rosa.

—Pues creo que yo hubiera hecho igual.

Por un momento acaparan la atención de todo el vagón, con tanta frescura y actividad. Deben rondar los diecisiete años. La morena de pelo lacio y boca grande lleva la tripa al aire, luciendo costillas y *piercing*, y es la más charlatana. La castaña, con más recato y abrigo, es más alta que su amiga, pero camina encorvada, tiene los ojos de un azul brillante y aparato corrector en los dientes. Las dos visten vaqueros ajustados y jerséis y se dirigen a clase de Inglés ajenas a nuestra rutina y nuestras ojeras.

Apenas tomo nota sobre ellas porque se aproxima mi estación. Al levantarme, lanzo una última mirada al fondo del vagón. Mi observador se remueve en su asiento y, por un milisegundo, pienso que me va a perseguir y se me acelera el pulso.

Lo que yo no sé es que mientras las puertas se

cierran tras de mí y me dirijo a las escaleras mecánicas, él saca de su bolsillo un bloc de notas de hojas cuadriculadas y tapas verdes, lo abre más o menos por la mitad y escribe: «Mujer alta. De treinta y pocos. Insegura y seria. Le gusta observar, pero no ser observada. Y le asustan los desconocidos y la oscuridad».

# La casa azul

Ayer vieron a Marian saliendo de la habitación de Rosendo pasada la medianoche y hoy es la comidilla más comentada en La Casa Azul.

Durante el desayuno, todos los ojos se posan en ella cuando entra en el comedor, y sonrisas maliciosas la persiguen por entre las mesas, hasta que se sienta al lado de Lourdes y, a un gesto de esta, bajan la mirada al plato.

Lourdes es su mejor amiga, y la única que no le reprocha su escarceo. Lo que sí desaprueba es su indiscreción. «Aquí es muy importante pasar desapercibida», le ha repetido hasta la saciedad, «puedes hacer lo que quieras, pero cuídate de que nadie lo sepa nunca con exactitud». Está claro que su amiga no le ha hecho caso una vez más. Y una vez más se ha convertido en el comentario de todos los corrillos. A ella parece no importarle y mira con ojos desafiantes a los críticos. En realidad, ella mira a todo el mundo así.

Hoy la directora la ha invitado a su despacho, pero no le ha dicho ni una palabra sobre el asunto. En el comedor se rumorea que la ha llamado al orden, pero a la directora le da igual lo que hagan por la noche, siempre que no provoque un ruido infernal.

Rosendo no ha bajado a desayunar ni ha estado presente en ningún taller. A la hora del almuerzo, sin embargo, entra en el comedor con una sonrisa en los ojos y recién afeitado. Alguien le da unas palmaditas en la espalda y él se limita a asentir.

Algunos los miran con insolencia y cuchichean. Incluso la mojigata que compartió cuarto con Lourdes el primer año se santigua dos veces antes de comer, mientras mira a las dos amigas alternativamente y de forma esquiva. Para ellos no es tan llamativo el hecho de que hayan pasado un rato juntos en la habitación de Rosendo como que no hace ni un mes que este y su novia se pelearon. «Tenemos distintas prioridades», explicaba él durante una partida de mus. «Distintos gustos y aficiones», aclaraba ella en la merienda.

Mientras toman café, Marian permanece ajena a las miradas, a los murmullos, a los envites de la gente y a la barba recién afeitada de Rosendo. Lourdes no quiere increparla ni castigarla con un «te lo advertí», cuando la tercera persona con ganas de carnaza se marcha cabizbaja sin haber sacado de sus labios ni la más mínima confesión. Tampoco hace falta, pues unos minutos más tarde se le acerca confidente, como si acabara de despertar, y le dice sin inmutarse:

—Lo que les mata, lo que les puede, no es mi conducta, sino mi actitud. No les fastidia lo que hago, sino cómo lo hago. ¿Te piensas que les importa qué hice ayer? Si lo supieran, si se lo relatara con todo lujo de detalles, no sería suficiente, ellos querrían más.

»Si me martirizara y me confesara culpable de todo lo que me acusan, y les pidiera perdón, no estarían satisfechos. Porque a ellos no les molesta lo que hago, les molesta que lo haga feliz.

Toma un pequeño sorbo de su taza. Apenas se moja los labios. Lourdes no quiere interrumpirla ni apremiarla, ni siquiera asiente. Sabe que, cuando Marian se lanza a hablar, hay que dejarla que desgrane sus sentimientos ella sola. No necesita el apoyo de la palabra o el gesto de nadie para expresar la carga que lleva dentro. No necesita, al contrario que la propia Lourdes, de preguntas concisas y concretas, de reflexiones del que le escucha, para animarse a hablar.

Tras unos breves segundos, continúa:

—La mayoría no quiere estar aquí, y yo aquí estoy bien. Echan de menos a su familia, sus casas, a los suyos... Para mí, sin embargo, esto es una gran oportunidad. De conocer gente, de disfrutar, de aprender, de crecer...

»Ellos no me soportan porque no soportan la alegría. Porque creen que el hecho de estar aquí debería impedirme estar contenta. Que la entrada por la puerta de La Casa Azul nos veta la felicidad. Y yo no estoy de acuerdo.

»Le he dicho a los míos que mañana no vengan, que tengo cosas que hacer... Y si no quiero que vengan no es por despecho, ni porque esté enfadada con ellos. No quiero que vengan porque verán a todos estos llorando y lamentándose, haciendo chantaje emocional a sus familias, y luego buscarán en mis ojos un resquicio de que yo quiero lo mismo: que me saquen de aquí; y no quiero que lo busquen porque no lo encontrarán.

»Yo no pienso que ellos me quieran lejos, ¿sabes? Sé que para todos es más fácil así. Incluso para mí.

»Así que me verán contenta, como realmente estoy, y luego me sentiré culpable por si les duele pensar que sin ellos soy feliz. ¡Qué complicados somos! —concluye con un murmullo apenas audible. Después toma aliento y otro sorbo de su café. Recompone su voz cascada y añade, mirando fijamente a los ojos de su amiga—: Esto tiene muchas ventajas, ¿lo sabes?

Lourdes asiente. Ella sonríe, agradecida, y se acurruca en su toquilla, como si la confesión le hubiera dado frío, la hubiera dejado exhausta. Se queda adormilada con su pierna mala, la derecha, estirada sobre el sofá. A su lado descansa su bastón con empuñadura en forma de pato, el único recuerdo que lleva cerca de su difunto marido.

Lourdes también se queda adormilada, pensando en cuánta razón tiene Marian. «Mis hijas no tienen ni tiempo ni espacio en sus casas para una más —medita en silencio—. Y además que no. Que yo tampoco quiero ser una abuela encerrada en una casa que no es la mía, apalancada en un sofá delante de la tele».

# Encaje de bolillos

Cuando Juan se pegó un tiro por accidente durante una cacería, empezó una nueva vida para la que hasta entonces había sido su mujer. Karen, que había dejado su país y al que fuera su novio durante siete años por estar cerca de Juan, pensó que tal vez era el momento de volver a Dinamarca y enfrentarse a Ray, al que negó en su día, injustamente, cualquier tipo de explicación.

Marie, dos filas más atrás, está impactada por la muerte violenta y repentina de su primo. La enfermedad de su marido la ha destrozado física y psicológicamente, sin embargo, ahora ve en ella la ventaja de poder despedirlo, decirle cuánto siente y cuánto piensa antes de su final. La muerte inesperada es cruel porque te deja con la acidez en la garganta de todas esas palabras que te quedaron por decir. Así que no tiene más remedio —¡quién se lo iba a decir! — que agradecerles a una enfermedad larga y a una muerte lenta la oportunidad que le brindan de decir adiós.

Álvaro siente hoy más que nunca la ausencia de Pedro como un frío agujero. Aunque se mantiene sereno, a ratos se emociona y tiene que esforzarse para no llorar mientras consuela a su madre y a la abuela Marian, que, desconsolada, se aferra a la empuñadura en forma de pato de su bastón, reprochándole a ese Dios en el que ya no cree que se haya llevado a su hijo antes que a ella.

Alberto no soporta ver a su padre y a su abuela destrozados. Nunca ha tenido mucha relación con su tío, pero no es cómodo ver al padre de uno llorar.Él cree que el dolor de enterrar a un ser querido no debería ser tan amargo por su inevitabilidad. Al fin y al cabo, la muerte es el destino para uno y para todos. Más tarde o más temprano, nos la vamos a encontrar, y afrontarla con lágrimas en los ojos y con golpes en el pecho lo entiende como un signo de debilidad.

El padre de Alberto llevaba sin hablar con su hermano casi dos meses, a causa de una absurda discusión. En realidad, ya no recuerda a cuento de qué venía su distanciamiento, solo que había ido retrasando el momento de volver a llamarlo. Ahora es incapaz de enfrentarse a la realidad de que ya *nunca* podrá hacerlo y adormece su conciencia a base de Tranxilium y Paxipam. «La muerte no deja alternativas —medita en silencio Alberto, con el peso de su padre sobre el costado—, pero la vida, el cómo decidamos vivirla, sí que se puede elegir. Y esas oportunidades que se nos escapan, aunque podíamos haberlo evitado, amargan la travesía; por esas sí que deberíamos llorar.

»Quizás sea por eso que el primo Álvaro está tan entero, porque lo intentó todo con Pedro, fue valiente y honesto, y aunque le saliera mal, es mejor eso que arrastrar de por vida el peso de la incertidumbre. Su padre, por el contrario, tal vez llore por esa oportunidad no brindada a su hermano, por esa llamada que nunca llegó a realizar, y que esta muerte hace ahora imposible.

¿Y él? ¿Qué hace él juzgando los pasos no dados, las palabras no dichas? Agradece que su tío, al morirse así, de esa forma tan repentina, le haya dado la excusa perfecta para no ver a Mercedes llegando al altar. Que ya es casualidad que entierro y boda se celebren el mismo día, en dos iglesias tan cercanas de la ciudad. Y, sin embargo, sabe que su amiga del alma, su niña bonita, se está casando con otro y que si él hubiera sido más claro o más valiente, tal vez, solo tal vez, ahora sería él quien llevara puesto el chaqué. Enfrentarse a la crudeza de su propia pérdida en vida le hace gemir. Su padre lo abraza, y unos cuantos asienten por su dolor.

...

Mercedes está entrando en la iglesia con las rodillas firmes mientras escucha la Aria de la *suite* en re, de Bach, y busca con los ojos a su futuro marido.

Ha cedido en casi todos los detalles de su propia boda: desde el simple hecho de casarse, que ella lo ve innecesario, pero Paco es muy convencional, hasta hacerlo por la iglesia, con asistencia multitudinaria, coro, tiros largos y brindis con champán.

Ha vivido los preparativos como algo que no va con ella. Tanta parafernalia le aburre, y le preocupa que camufle lo que para ella es lo principal: que se han escogido como compañeros de por vida y que firman y apuestan por su continuidad. Por eso entra en la iglesia sin nervios, del brazo tembloroso de su padre, sintiendo sobre su cabeza el peso de la tradición.

La tradición, en este caso, es una mantilla de principios del siglo pasado, que perteneció a su tatarabuela y con la que se ha casado toda la estirpe familiar.

—Por ahí si que no paso, mamá —rechazó de inmediato cuando su madre abrió la caja serigrafiada.

—Pero, hija, ¡si esto es una joya!

—No quiero joyas, soy muy sencilla.

—Ay, hija, ¿pero no ves que es de encaje de bolillos, de las de verdad? ¡Que se hizo a mano!, ¡es un milagro que se mantenga entera!

—Pues por eso mismo, que no la quiero estropear...

—Pero pruébatela al menos, ya verás qué bonita queda.

Y la verdad es que es muy bonita. Por eso decidió llevarla y ahora la luce, orgullosa.

En los bancos, reconoce a Maleni, que le saca la lengua con guasa; a Zoila, junto a su inseparable Héctor, visiblemente emocionada; a Gloria y a su hijo, Nicolás. Al que no ve es a Alberto. Seguro que llega tarde o que se ha quedado fuera para fumar.

Sonríe al ver a sus hermanas. Eugenia está guapísima, junto a su marido y sus hijas. Las tres han heredado los ojos negros y las pestañas espesas de su hermana mayor. «Ojalá tengan suerte y el parecido las libre de las comparaciones odiosas y las

inseguridades que yo padecí durante la pubertad»,
piensa mientras guiña un ojo con cariño a sus
sobrinas. Marta, al lado de Pablo, irradia felicidad. Su
embarazo, por lo costoso y deseado, es el mejor regalo
de bodas que podían haberle hecho, y muestra su
incipiente barriga con más orgullo y elegancia que su
curioso lunar.

Por fin llega al altar y Paco le da un beso en la cara.

—Hola, princesa, ¡qué guapa estás!

Y espera, paciente, a dar el «sí, quiero», confiada y
convencida de que quiere luchar.

...

Paco y Mercedes están intercambiando sus anillos
mientras en el cementerio sellan la tumba de Juan.

En la iglesia, los invitados lloran por la emoción del
punto y seguido. En el cementerio, los familiares
lloran por el punto y final.

Alberto permanece firme y ajeno, junto a su padre, y
no derrama una sola lágrima.

# EPÍLOGO

# La cafetería de la esquina

Hoy he vuelto a tener la misma pesadilla.

Habíamos quedado mamá, tú y yo en vernos a las ocho en la cafetería de la esquina, donde solíamos quedar. Yo me había acicalado para la ocasión. Afeitado y pulcramente vestido, intentaba serenarme. ¡Llevaba tanto sin veros! Bajé del taxi con el corazón ilusionado, sin miedo, sin ansiedad.

«Te estás portando como un valiente —me repetía, incansable—, no tienes nada que temer». Y en el momento en que empujaba la puerta y alzaba los ojos para veros, todo se volvía negro y yo dejaba de respirar.

Nada.

Allí no había nada.

No había nada ni nadie.

No estabais vosotros, ni estaban otros.

Allí no había algo.

No habría algo nunca más.

Me he despertado con ganas de llorar.

El monitor ha pitado a mi lado y la enfermera ha vuelto.

—Creo que ha sido otro sueño... —ha susurrado Marie—, porque todavía no..., ¿verdad?

Entonces he recordado que estoy enfermo, que me estoy muriendo y que esto es un hospital.

Abro los ojos y Marie me sonríe, siempre ha sido una mujer especial: se mantiene a mi lado, como prometió hace treinta y siete años, y no parece ni asustada ni temerosa.

Yo intento ser fuerte, no añadirle al dolor de mi pérdida la carga de verme sufrir, pero la imagino sola, imagino su vida sin mí, y una extraña tristeza se confunde con mis celos infantiles. No hay ni rastro de la antigua rabia, he debido madurar.

La enfermera sonríe, posiblemente conmovida. Tal vez sea su forma de tranquilizarnos o una manera de serenarse ella. Me pregunto si, a tantas despedidas, uno se acaba por acostumbrar.

Cuando se marcha, le digo a Marie que me quiero ir a casa. Ella duda.

—Esto no es el final.

—Es posible. —Sonrío sin ganas—. Pero quiero irme a casa, no me parece romántico compartir mis horas contigo en este hospital.

Y ella asiente, porque ella sabe. Los dos sabemos que sí es el final. Así que lo prepara todo, como siempre ha hecho, como si no hiciera nada, y me lleva a casa, y me quedo dormido en mi sofá.

Hoy he vuelto a tener la misma pesadilla.

Hemos quedado mamá, tú y yo en vernos a las ocho en la misma cafetería donde solíamos quedar. Afeitado y pulcramente vestido, intento serenarme.

«Ánimo, valiente», me repito, incansable, mientras subo los peldaños, justo antes de entrar. Empujo la puerta y alzo la vista para encontraros.

Te pareceré un fantasma, pero no tengo miedo.

Lo más doloroso es la certeza de que ya no te veré más.

# ANEXO

## EL GENIO DE LA BOTELLA AZUL

(Cuento de Semana Santa)

El sonido de los tambores y las cornetas y la solemnidad del paso de los nazarenos hacían brillar sus enormes ojos negros con más intensidad y emoción que de costumbre.

Su pequeña nariz olisqueaba el aire impregnado de incienso, y su boca y sus ojos se abrieron al unísono cuando vio asomar, desde lo alto de la calle Castillo, el trono de la Virgen de los Dolores.

—¿Es su mamá? —me preguntó.

—Sí, pequeña, la mamá del Señor.

—¿Y por qué llora?

—Porque su hijo está muerto.

—¿Y por eso hacemos una procesión?

—Sí. Para que no olvidemos lo injustos que fuimos con él y tengamos presente que murió por nosotros. Aunque ya sabes que luego resucitó...

—¿Y por qué resucitó?

—Porque siempre triunfa lo bueno sobre lo malo, la vida sobre la muerte. Pero a veces tenemos que recordarlo porque se nos olvida.

—¿Y siempre ha sido así?

—Sí, es una costumbre que existe desde hace mucho tiempo.

—¿Y por qué es tan bonita?

—Eso es gracias al genio.

—¿El de la botella azul?

—Sí, el de la botella azul.

—¿Me cuentas otra vez el cuento?

—Hace mucho tiempo, existía un pueblecito blanco salpicado entre olivos y encumbrado entre montañas, donde sus habitantes vivían la vida de manera sosegada, compartiendo los buenos momentos con los demás y pasando los malos tragos en compañía de la gente querida.

»En ese pueblecito existía un hombre que destacaba especialmente por su bondad. No le gustaban las discusiones y había encontrado el sentido de esta vida en el disfrute de las pequeñas cosas que nos rodean: estar con su mujer y sus hijos, educar en la vida sana a los jóvenes, respirar al aire libre, correr en el campo, escuchar música...

»Un día, Dios quiso poner a prueba la pureza de su alma y le envió una pequeña mancha negra, que se instaló en su garganta y que podía minar sus ganas, su ilusión e, incluso, su vida.

—Y si era tan bueno, ¿por qué Dios le envió algo malo?

—Porque quería probarlo. Quería saber si su buen humor y su gran corazón persistían en la adversidad, si superaba una bofetada del destino.

—¿Y la superó?

—Eso lo sabrás al final del cuento...

»Al principio, el buen hombre se encontraba muy débil, y su familia y amigos se temían lo peor. Sin embargo, él no perdió la sonrisa, ni las ganas de seguir adelante, y se agarró a la vida con más fuerza aún que antes.

»Como era un hombre religioso, se encomendó a la Virgen, considerando cada día que pasaba un regalo de la Señora, que no se podía desperdiciar. De este modo, vivía al cien por cien. Empezó a transmitir lo que sentía a aquellos que estaban a su alrededor y luchó por alcanzar los sueños que siempre habían rondado por su cabeza. Era tal su fuerza y garra que los demás se fueron contagiando de su espíritu y su ímpetu.

La banda afinó sus marchas; las trompetas sonaron más desgarradoras; los tambores, más contundentes; los nazarenos, más solemnes...

—El tiempo pasaba y él, agradecido con cada nuevo día que llegaba, le fue regalando a la Virgen mejoras para sus procesiones: un año, un trono nuevo; otro, una imagen de San Juan; al siguiente, la del Cautivo...

»Poco a poco y con la ayuda de otras personas amigas, fue impregnando de magia y sensaciones nuevas la Semana Santa del lugar.

»Cierto día, le dieron la noticia que desde hacía tanto estaba esperando: la mancha negra había desaparecido. Esa noticia le llenó de felicidad e incrementó más aún el fervor que sentía hacia la Virgen.

»Todavía hoy sigue encomendándose a Ella y lucha porque cada Semana Santa sea más especial que la anterior. Gracias a su empuje, ahora tenemos esta procesión tan bonita, que emociona y encandila a paisanos y extraños.

»Si lo buscas, puedes encontrarlo cada Jueves Santo frente al trono, mirando, orgulloso, a su Madre, y con su botella azul en la mano. Cuando habla, se palpa la elocuencia y la pasión del que ama la vida por encima de todo; y está lleno de agradecimiento.

—¿Y siempre lleva la botella azul en la mano?

—Sí, todavía hoy la lleva.

—¿Y dentro está el genio?

—No, dentro hay agua...

—Y, entonces, ¿dónde está el genio?

No pude evitar sonreír al oír su pregunta. Ella también sonreía con los ojos relucientes, esperando esa respuesta que de antemano sabía.

—El genio es él, preciosa. El genio es él.

«Las lágrimas más amargas que se derramarán sobre nuestra tumba serán las de las palabras no dichas y las de las obras inacabadas».

HARRIET BEECHER STOWE

# AGRADECIMIENTOS

A mis hermanos, por sostenerme incluso cuando tienen las manos llenas. A Gloria e Inés, además, por revisar este manuscrito y ayudarme con los detalles.

A Federico Rey y Vicente Bonet, por sus comentarios y correcciones hace ya tanto tiempo.

A Cristina Díaz, mi sinónima, por su tiempo, su paciencia y su ilusión.

A Natalia García Canillas, por su orientación y ayuda.

A todos los que me habéis animado y apoyado siempre para hacer esto.

A Pepe Pérez, porque siempre confiaste en mí. Te lo debía desde hace mucho. Espero que te guste, estés donde estés.

Y a los míos: Jeanseb, Hugo, Chloé y Vega. Gracias, y todas las disculpas por el tiempo que os robo escribiendo. Sois, sin duda, lo mejor de mi vida.

Y gracias a ti, por leerme.

No dejes perdida tu oportunidad.

# INDICE

# PALABRAS Y FLECHAS

hasta lo que no me atrevo a decir